LA DÉPORTATION

DES

PRÊTRES EMPRISONNÉS A NANTES

8-15 SEPTEMBRE 1792

VANNES

EUGÈNE LAFOLYE, ÉDITEUR

—

1888

LA DÉPORTATION

DES PRÊTRES EMPRISONNÉS A NANTES

8-15 SEPTEMRE 1792

Quelques semaines avant de se séparer, l'Assemblée législative avait, le 26 août 1792[1], voté une loi dont l'objet était d'expulser du territoire français tous les prêtres catholiques qui avaient refusé le serment à la constitution civile du clergé.

Aux termes de cette loi, chaque prêtre devait demander un passeport pour le pays étranger choisi par lui, et si, dans un délai de quinzaine à partir de la promulgation, il n'avait pas franchi la frontière, il devait être appréhendé, emprisonné, et plus tard, dirigé sur la Guyane française, lieu désigné pour la déportation pénale.

Une exception avait seulement été introduite dans la loi en faveur des ecclésiastiques sexagénaires ou infirmes qui seraient réunis, au chef-lieu du département, dans une maison commune dont la municipalité aurait l'inspection et la police.

En vertu d'un arrêté du Département, abolument arbitraire, pris le 5 juin 1792, les administrations de la Loire-Inférieure avaient mis en état d'arrestation tous les prêtres non assermentés qui avaient pu être découverts, et les avaient fait enfermer au séminaire de Saint-Clément d'abord, et plus tard, à l'autre séminaire et au Château[2].

---

[1] Duvergier. *Collection des lois*. T. IV p. 361.

[2] Voir sur les divers emprisonnements, *l'Histoire de la persécution des prêtres noyés. Noyades de Nantes :* Libaros, Nantes 1879.

Le 8 septembre 1792, jour où l'on mit en demeure les prêtres détenus d'avoir à se prononcer sur le lieu de leur déportation, et où on reçut leurs déclarations à ce sujet, leur nombre s'élevait, dans les deux prisons, à cent soixante-trois. Soixante-six invoquèrent leur âge et leurs infirmités ; la maison des Carmélites attendait ceux-là ; il en restait, par conséquent quatre-vingt-dix-sept à la déportation desquels il y avait lieu de pourvoir.

Deux officiers municipaux se présentèrent, le lendemain 9 septembre, au Département et remirent l'état des prêtres et les procès-verbaux de déclaration de ceux qui devaient être déportés. Ils avaient amené avec eux deux capitaines dont l'un, Pierre David, commandait le *Télémaque*, et l'autre, Hidulfe Masson, commandait la *Marie-Catherine*. Ces capitaines s'engagèrent moyennant cent quarante livres, à prendre à bord et à nourrir avec ration d'officier, un nombre de prêtres qui ne devait pas dépasser cent, et à les transporter de France en Espagne, sur un point qui ne devait pas être plus rapproché que Bilbao.

Tous les prêtres détenus avaient exprimé le vœu d'être transportés en Espagne ou en Portugal, mais il est à supposer que, dans la situation où ils se trouvaient, ils n'avaient guère eu le choix d'un autre lieu de déportation. A la *Société des amis de la constitution*, les esprits étaient fort échauffés, et une pétition avait été apportée au Conseil du Département, le 6 septembre, pour demander que la déportation eût lieu, dans le plus bref délai et par la voie de mer[1].

De son côté, la municipalité se préoccupait le même jour de préparer des passe-ports à ces prêtres, et leur fit annoncer qu'ils allaient leur être délivrés, et que le départ aurait lieu, le lendemain 10, à huit heures du matin[2].

Un contemporain, Blanchard, l'ancien greffier du tribunal de

[1] Reg. du Conseil de département, fo 55. (Arch. dép.).
[2] Reg. de la permanence, fo 30. (Arch. municipales).

Nantes, auteur de mémoires dont la *Revue de la Révolution* a publié quelques extraits, rapporte qu'à ce moment, des septembriseurs venus de Paris, avaient recruté, dans les bas-fonds de la populace mauvaise, un certain nombre d'agents dans le but de renouveler, sur les prêtres détenus au Château, le massacre des Carmes, et que les gardes nationaux, par leur attitude, les en auraient empêchés. Même pour des contemporains, il est difficile de contrôler la vérité d'une pareille assertion, et, à plus forte raison, lorsqu'il s'est écoulé près d'un siècle; mais on ne saurait nier que, sous l'influence de l'excitation des clubs, il ne se soit produit, dans une certaine partie de la population, une effervescence de haine dont les conséquences auraient pu être dangereuses pour les prêtres détenus, et le document transcrit ci-après en fournirait au besoin la preuve.

Ce document, conservé aux archives municipales, est la relation du voyage, de Nantes à Paimbœuf, des prêtres déportés, rédigé par l'agent qui avait été chargé de les conduire. Il m'a paru inutile d'ajouter le mot *sic* aux nombreuses incorrections de langage de cette relation, qui n'explique même pas d'une façon bien nette, si les quatre-vingt-dix-sept prêtres avaient été placés, au départ de Nantes, partie sur le *Télémaque*, et partie sur la *Constitution*. (Ce second navire servant de gabarre pour conduire à Paimbœuf ceux qui devaient prendre passage sur la *Marie-Catherine* affrétée par le Département), ou si tous avaient pris place sur le *Télémaque* ; mais, en dépit des obscurités, le fait du danger couru se dégage clairement du récit dont voici le texte exactement transcrit :

*Rapport de l'expédition des prêtres non assermentés de
Nantes à Paimbœuf.*

« Le détachement de l'artillerie, au nombre de douze marins, est parti de la Fosse pour protéger les prêtres, dans l'espérance d'être renforcé ; cependant il ne l'a pas été, ce qui l'a exposé, et ceux qu'il

devait conduire à être sacrifiés, si les projets qui avaient été formés
étaient exécutés. Le détachement en était informé, mais il est resté
à son poste.

Vous savez, Messieurs, que les deux bâtiments ont descendu de la
machine au soleil couchant, je pensais que, tant que les citoyens les
auraient en vue, ils resteraient toujours, et que ceux qui avaient
des intentions hostiles, ne les perdraient pas ; je fis lever l'ancre
pour les en détourner. Le 11, à 7 heures 1/2, nous restâmes échoués
à la Bonne-Vierge ; de grand matin nous avons dérivé et échoué de
de nouveau ; après avoir passé une cruelle nuit, ce contre temps
était affligeant ; cependant on est parvenu à mettre le bâtiment à
flot, et nous sommes sortis des vues que nous craignions. Nous
n'avons descendu que jusqu'au bas de Roche-Maurice, où nous avons
échoué vers 9 heures du matin, et sommes restés jusqu'à la pleine mer
qui était à 2 heures. Nous dérivions, lorsque, vers les 4 heures, nous
aperçûmes une barque remplie de monde avec des bonnets rouges ;
leur nombre et ce nouveau costume me donnèrent quelques inquié-
tudes, je disposai mon monde de manière à protéger celui des deux
bâtiments qui serait attaqué. Soit que notre manœuvre les eut
intimidés ou plutôt qu'ils n'eussent pas de mauvaises intentions, ils passèrent outre, en nous engageant seulement à noyer les
prêtres. Au soleil couchant nous avons passé sous la garenne de
Couëron ; le côteau était couvert de monde qui jeta des pierres,
et voulait, disait-il, tuer les prêtres. Ce bruit se dissipa en
nous éloignant. On voyait seulement que les dispositions générales
n'étaient pas en faveur de notre convoi. À 8 heures du soir, nous
avons de nouveau échoué sur la fosse de la Claindière et nous ne
pouvions en sortir qu'à la nouvelle marée.

Le 12, le *Télémaque* était plus haut ; au point du jour, l'incapacité
et l'entêtement du pilote fit rester le bateau la *Constitution* sur le
banc, tout près du Pellerin, à portée de mousquet. Comme cette faute
nous exposait aux mouvements des ouvriers, et autres citoyens de ce
gros bourg, et dont nous ne connaissions pas les intentions, je crus
qu'il était prudent de leur ôter tout prétexte. Je me déterminai à
débarquer tous les prêtres de ce bâtiment et à les transporter sur le
Télémaque qui était déjà à une lieue. La force armée les accompa-
gna sans nul accident ; à peine faisait-il jour ; soit que l'on eût eu
connaissance ou non de notre transport, le bâtiment échoué ne fut
pas inquiété. Dès qu'il fut à flot, il fut mouillé auprès du *Télémaque*
où nous rembarquâmes nos prêtres.

Le 12 au 13. Cette nuit fut moins inquiétante, nous étions entre les
iles, et le temps était détestable.

Le 13, de grand matin nous levâmes l'ancre, dès que le bâtiment flotta, nous fûmes mouiller sur une autre passe, jusqu'à la nouvelle marée de l'après-midi. J'expédiai une barge alors avec un de nos messieurs, tant pour prévenir la municipalité de Paimbœuf de notre prochaine arrivée, que pour avoir des vivres dont nous avions été dépourvus, n'ayant trouvé le long de la route que peu de pain et de mauvais vin. On n'avait pas voulu nous rien donner au Pellerin, ce qui m'avait, en grande partie, fait juger qu'on était mal disposé pour nous.

Vers les 2 heures après-midi, nous fîmes route pour Paimbœuf, et nous mouillâmes au soleil couchant, près la Tourrette, et le plus éloigné possible de toute communication.

A 9 heures du soir, la garde de Paimbœuf, au nombre de vingt, nous releva ; on nous distribua des billets de logement et nous fûmes très bien accueillis, de manière que les vivres ont été entièrement pour les prêtres, étant venus trop tard.

Le 14, de grand matin, je me rendis aux administrations du district et de la municipalité ; ils prirent copie de mes ordres ; en tout, on leur doit des remerciements.

Je leur fit observer qu'il y avait un autre bâtiment qui avait aussi beaucoup de prêtres ; il fut convenu qu'il mouillerait auprès des nôtres et qu'il aurait une petite garde.

M. Lenormand, prêtre de notre expédition, sur l'exposé de son état malade à la municipalité de Nantes, a obtenu par écrit la permission de débarquer du *Télémaque*. Cette permission signée de MM. Dupoirier, Bridon et Fourmy a été enregistrée à Paimbœuf ; il m'a été confié, je l'ai remis au dépôt des Carmélites, entre les mains de M. Godebert, le 14 au soir.

A Nantes, ce 15 septembre 1792, signé : *Lechivez*.

Nota. — Je fournirai le compte des frais de cette expédition qui est de très peu de chose, je l'aurais donné si j'avais eu un petit compte des avances qu'a faites un de nos messieurs.

J'ai l'honneur de vous faire observer que M. le maire de Paimbœuf fut étonné de n'avoir pas été prévenu par la municipalité de Nantes.

Un certificat du maire de Paimbœuf, en date du 16 septembre 1792, porte qu'il constata ou moment du départ, la présence de trente-huit prêtres à bord du *Télémaque*.

Ces prêtres étaient messieurs :

ANGÉNOUST DE VILLEFONTAINE (Nicolas-Auguste), né à Tours, 53 ans, chanoine de la cathédrale de Nantes.

AUFFRAY (Jean), né à Plenistel (Plaintel), district de Saint-Brieuc, capucin du Croisic.

BARTHÉLEMY (François), né à Vertou, 48 ans, vicaire de Monnières.

BARTHÉLEMY (Julien-Joachim), né à Nantes, 36 ans, paroisse Saint-Denis, qualifié gardeur de morts, tonsuré.

BÉDARD (Christophe-Louis-Marie), né à Guérande, 48 ans, vicaire de la Trève du Petit-Auverné.

BERRANGER (Charles), né à Saint-Donatien, 56 ans, capucin.

BERTAUD (Pierre), né à la Chapelle-Basse-Mer, 48 ans, curé de Saint-Aignan.

BEZARD (Jacques-Louis), né à Mamers, 51 ans, capucin du couvent du Croisic.

BONET (François), né à Saint-Hilaire-du-Bois, 30 ans, vicaire du Loroux-Bottereau.

BROCHARD (Jean-François), né à Montaigu, 31 ans, cordelier.

COURGEON (Pierre), né à Saint-Clément de Nantes, 53 ans, vicaire de Paulx.

DERENNES (René), né à Conquereuil, 40 ans, vicaire de la Chapelle-Basse-Mer.

DORIN (Mathias), 58 ans, supérieur du séminaire diocésain.

FAUGAS (Louis-Alexandre), né à Saint-Nicolas de Nantes, 42 ans, desservant de Saint-Mars-du-Désert.

FRABOULET (Noël-Yves), né à Merléac, district de Quimper, 41 ans, capucin.

GAUDIN (Pierre), né à Saint-Brandan (Côtes-du-Nord), 56 ans, capucin du couvent du Croisic.

GENDROT (Julien), né à la Guerche (Ille-et-Vilaine), 52 ans, religieux de la Chartreuse du Val-Dieu de Mortagne.

GINGUENÉ (Joseph-Louis), né à Guémené-Penfao, 50 ans, vicaire de Cordemais.

GRIGNÉ (Jacques), né à Ancenis, 50 ans, curé d'Erbray.

GUIHENEUF (Simon), né à Pontchâteau, 46 ans, curé de la Remaudière et de la Boissière.

HERVÉ DE LA BAUCHE (Marin), né à Saint-Nicolas de Nantes, 65 ans, curé de Couffé.

LABRELY (François-Antoine), né à Vannes, 51 ans, capucin du couvent du Croisic.

LACOUTURE (Nicolas-Donatien), né à Saint-Nicolas de Nantes, 45 ans, vicaire de Saint-Léonard.

Lepage. Parmi les prêtres inscrits comme embarqués à bord de la Marie-Catherine, se trouve un prêtre nommé Page, Jean-Baptiste, vicaire de Varades, et aucun prêtre du diocèse ne s'appelait Lepage. Est-ce une confusion avec l'abbé Lesage (René), curé de Fougeray? C'est un point à éclaircir.

Lescan (Alexandre), né à Nantes, 35 ans, prêtre de la communauté de Saint-Clément.

Loyseau (Jean-Pelage), né au Pouliguen, 57 ans, chanoine de Guérande.

Peccot (Louis), né à Saffré, vicaire de Saint-Aubin-des-Châteaux.

Peccot (Guillaume), né à Saint-Donatien de Nantes, 45 ans, curé du Loroux-Bottereau.

Pichard (François), né à Saint Méen, district de Montfort, 24 ans, capucin du couvent du Croisic.

Richard (Jean-Joseph), né à Rennes, paroisse Saint-Sauveur, bernardin de l'abbaye de Meilleraye.

Rouaud (Guillaume), né à Fay, 49 ans, vicaire de Saffré.

Rouxeau (Louis), né à Teillé près Ancenis, 33 ans, vicaire de la Chapelle-Saint-Sauveur-Montrelais.

Santerre (René), né à Férel, district de La Roche-Bernard, 22 ans, tonsuré.

Tanguy (Vincent), né à Carnac, 44 ans, capucin du couvent du Croisic.

Tourmel de Perennec (Charles-Paul-Maurice), né à Landerneau, 56 ans, capucin du même couvent.

Viau (Pierre), né à Noirmoutiers, 65 ans, prêtre demeurant à Nantes, sur la paroisse Saint-Clément.

Vignard (Pierre), né à La Roche-Bernard, 37 ans, vicaire de Saint-Molff.

Vince (Pierre), né à Montoir, 56 ans, aumônier du Sanitat.

Trente six des passagers du *Télémaque* prirent terre à Bilbao, les autres avaient été déposés à Saint-Sébastien.

Quarante-quatre prêtres montèrent à bord de la *Marie-Catherine*.

Athimon (Pierre), né à Ligné, 32 ans, diacre.

Blain (Thomas), né à Nantes, 58 ans, aumônier du Château.

Bleunven (Sébastien), né à Guisseny, district de Saint-Pol-de-Léon, 48 ans, directeur des carmélites,

Bouchaud (Gabriel-Guillaume), né à Gorges, 45 ans, curé de Pipriac.

Camus (François), né à Vertou, 33 ans, aumônier de l'hôpital.

CHARDOT (Joseph), né à Saint-Nicolas de Nantes, 54 ans, curé de Saint-Gédéon.

CHAUSSUN (Pierre), né à Besné, 47 ans, aumônier des ursulines de Guérande.

CHENAY (Julien), né à Avranches, 57 ans, aumônier des carmélites de Nantes.

CHEVALIER (Guillaume), né au Croisic, 57 ans, ancien directeur du séminaire d'Orléans.

DANIEL (Marcellin), né à Dinan, 42 ans, religieux dominicain.

DAVY (François), né à Saint-Lézins, district de Chollet, 43 ans, curé de Saint-Philbert-en-Mauges.

DEMARS (François), né à Campbon, 39 ans, chapelain à Campbon.

DENIAU (Julien-Michel), né à Saint-Jean-de-Corcoué, vicaire de Chauvé.

DODET (Louis), né à Charleville, 50 ans, récollet.

DUTHOYA (Hervé-Gabriel-Marie), né à Landerneau, 31 ans, chartreux.

FILLOLEAU (François), né à Légé, 48 ans, curé de Saint-Etienne-de Brillouet (Vendée).

FORMONT (Martin), né à Vertou, 28 ans, vicaire de Saint-Julien-de Concelles.

GALIPAUD (Guillaume), né à Saint-Nicolas de Nantes, 58 ans, curé de Pornic.

GAUTIER (René-Louis), né à Guérande, 35 ans, vicaire de la Chapelle-Launay.

GÉLY (Etienne-René), né à Saint-Nicolas de Nantes, 24 ans, diacre de la paroisse de Saint-Léonard.

GUIHARD (Roland), né à Fay, 31 ans, vicaire de Vertou[1].

GUILLEMIN (François-Dominique), né à Bar-le-Duc, 43 ans, bernardin de Villeneuve.

HOUDBINE (Jacques-André), né à Château-Gontier, 25 ans, élève minoré.

HUE (Nicolas), né à Saint-Clément de Nantes, 39 ans, prêtre de chœur à Saint-Nicolas.

JAMBU (Pierre), né à Treffieuc, 44 ans, vicaire de Saint-Donatien.

JOLLIVET (Jean-Baptiste), né à Saint-Mars-la-Jaille, 35 ans, aumônier du Sanitat.

---

[1] Deux autres prêtres du même nom : René-François Guihard, prêtre du Pouliguen, et Pierre-Gabriel Guihard, vicaire de Treillères, qui n'avaient pas été emprisonnés partirent volontairement pour l'Espagne le premier, le 14 septembre 1792, sur le navire la *Ville de Cadix*, et le second, le 13 septembre, sur la *Notre Dame de Pitié*.

JORET (Jacques), né à Bains, district de Redon, 24 ans, bénédictin.

JOYAU (Michel), né à Saint-Jean-de-Boiseau, 39 ans, vicaire de Saint-Hilaire-de-Chaléons.

de LAHAYE (Augustin), né à Sainte-Trinité de Nantes, 57 ans, prêtre de chœur à Saint-Saturnin.

LAILLEAUD (Félix), né à Saint-Saturnin de Nantes, 38 ans, aumônier du Bon-Pasteur.

LANGEVIN (Nicolas), né à Saint-Nicolas de Nantes, 32 ans, chanoine de la Collégiale.

LEMAIGNAN (Alexis-Prudent-Ursule), né à Saint-Jean-de-Carcoué, 39 ans, vicaire à Saint-Similien.

LE POURCEAU DE TRÉMÉAC (René-Marie), né à Escoublac, 38 ans, chanoine de la collégiale de Guérande.

LHONORÉ (François), né à Hennebont, 65 ans, prieur des chartreux.

MAJEUNE (François), né à Laval, 40 ans, supérieur des cordeliers de Nantes.

MENIER (Albert), né en Franche-Comté, 45 ans, récollet de...

MOLLÉ (Pierre-Alexis), né au Pouliguen, 43 ans, vicaire de Saint-Gédéon.

MAURILLE DE KERMARTIN (Henri-René), né à Nantes, élève tonsuré ; habitait Ligné ; avait été arrêté le 11 juin 1792 et conduit à Saint-Clément, quoiqu'il affirmât avoir quitté le petit collet.

SAGE (Jean-Baptiste), né à Saint-Léonard de Nantes, 33 ans, vicaire de Varades.

RACAULT, (Fidèle-Felix), né à Saint-Vincent de Nantes, 58 ans, sacriste de Saint-Vincent.

RACAULT jeune, (Jean-François), né à Saint-Vincent de Nantes, 54 ans, prêtre de chœur à Saint-Vincent.

ROBIN (René), né à Campbon, 56 ans, vicaire de Chémeré.

SAUTERRE (Julien-Marie), né à Férel, district de La Roche-Bernard, 41 ans, vicaire à Grand-Champ.

VALTON (René), né à La Bruffière, 33 ans, vicaire de Carquefou.

Ces quarante-quatre prêtres furent débarqués, le 24 septembre 1792, à Sautona, petit port du golfe de Biscaye, situé à quelques lieues à l'est de Santander[1].

S'embarquèrent sur le *Bon Citoyen* :

MM. BERROUETTE (Jean-Louis), né à Nantes, 42 ans, desservant de Saint-Jacques.

[1]. Certificat de santé du 24 septembre 1792. Départ 3 octobre 1792, et départ 5 janvier 1793.

CHARBONNEAU (Jean-Casimir-Pierre de), né à Mouzeil, chanoine de la cathédrale.

COUILLAUD DE LA RIVE (François), né à Nantes, chanoine de la collégiale de Notre-Dame.

GELLÉE DE SAINT-CYR (Charles-Anne), né à Nantes, 40 ans, chanoine de la cathédrale.

THEBAUD (André), né à Nantes, 34 ans, vicaire de Rouans.

Deux certificats constatent que le capitaine du *Bon Citoyen*, d'Aspilcouet, a débarqué à Saint-Sébastien, du 20 ou 22 septembre 1792, MM. de Charbonneau et Couillaud de la Rive, et il est à présumer que les autres prêtres furent débarqués en même temps[1].

Sur le *Saint-Gédéon* :

MM. DOUAUD (Louis-Georges), né à Tiffauges, 55 ans, curé de Savenay.

FOURNIER (Paul-Augustin), né à Vitré, 40 ans, vicaire d'Oudon.

FOURNIER (Jacques-Laurent), né à Nantes, 52 ans, curé de Basse-Goulaine.

MOCQUARD (Jean-Mathurin), né à Bouguenais, 42 ans, curé de Saffré.

PARIS (Joachim-Etienne), né à Chatellerault, chanoine de la cathédrale.

PERRIN (Vincent), né à Vigneux, 52 ans, curé de Saint-Michel-Chef-Chef.

PETIT DES ROCHETTES (Jean-Baptiste), né à Sainte-Croix de Nantes, 49 ans, curé de Saint-Denis.

POIRIER (Jean), né à Saint-Denis de Nantes, sacriste de la cathédrale.

MM. Paris et Petit furent débarqués à Saint-Sébastien, le 18 septembre[2].

Un seul des prêtres de ce convoi s'embarqua sur le *Frederick*, M. Ollivier, Antoine, né à Saint-Pierre-de-Bouguenais, 56 ans, prêtre de chœur à Saint-Saturnin.

En outre de ces quatre-vingt-seize ecclésiastiques déportés administrativement, car M. Le Normand ne partit pas, on peut évaluer à cent vingt et quelques le nombre de ceux qui obéirent volontairement à la loi du 26 août 1792, ou qui, sous des prétextes divers, avaient, avant cette loi, quitté la France. Les registres de la municipalité de Nantes font foi de la déli-

[1] Délib. du district de Nantes du 25 janvier 1793.
[2] Liasses des prêtres émigrés. Arch. départ.

vrance à des ecclésiastiques, de 221 passeports, du 26 avril au 6 décembre 1792, la plupart à destination de l'Espagne et du Portugal, quelques-uns seulement à destination de l'Angleterre[1] et des Pays-Bas. Il faudrait aussi tenir compte des prêtres du diocèse de Nantes qui s'embarquèrent aux Sables[2] ou au petit port de Vieilleroche (Morbihan)[3]. En vertu d'un arrêté de la municipalité de Nantes, du 9 septembre 1792, les passeports n'étaient délivrés aux ecclésiastiques que sur le cautionnement de deux personnes connues, qui s'engageaient à apporter un double certificat du capitaine constatant l'embarquement et le dépôt sur une terre étrangère.

La déportation rendit très difficiles les rapports des prêtres avec leurs familles ; sans parler des correspondances, ayant pour objet des envois de fonds, qui étaient absolument prohibées, les simples lettres adressées par les prêtres déportés n'étaient pas remises aux destinataires, et le Conseil de département prit même un arrêté pour ordonner qu'un nombre considérable de ces lettres, « où il n'était question ni « d'insurrection, ni de conspiration, » fussent brûlées en présence de commissaires[4]. Quelques fragments de lettres interceptées, échappées par hasard à la destruction, et que j'ai trouvées dans des dossiers, vont faire connaître la situation difficile des prêtres déportés :

31 octobre 1792.

« Je suis arrivé dans une ville où je jouirais de la paix et de la liberté, si j'y trouvais les amis que j'ai quittés. Les habitants sont affables et nous ont témoigné le plus vif intérêt et la vénération la plus profonde. Ils gémissent, avec nous, sur nos malheurs, mais nous sommes en si grand nombre que nous ne pouvons tous partager leurs libéralités. Si nous sommes condamnés à passer ici notre vie, ce sera triste, mais, Dieu soit loué, je n'ai suivi que le témoignage de ma

---

[1] Voir : *Les Familles françaises à Jersey, pendant la Révolution*, par le comte Régis de l'Estourbeillon.

[2] Par exemple M. Mathurin Gautier, né à Teillé prêtre de Mésanger. Emigré 8 fructidor, an V, f° 90).

[3] M. Jean-Baptiste-Prosper Levesque, curé d'Assérac, émigré le 26 ventôse, an VI, f° 23.

[4] Registre du conseil de département. 23 juin 1793. f° 109. *Arch. départ.*

conscience, je peux dire, avec saint Paul, que, quoique séparé de corps, mon esprit est au milieu de vous ; je prie le Dieu de justice et de miséricorde qu'il vous ait en sa sainte garde. » Signé : SORET JACQUES .

Bilbao, 2 décembre 1792.

« Je vis ici fort durement et cependant dispendieusement ; j'étais d'abord en pension à cinquante sous par jour ; j'ai acheté un lit, et je me suis réuni à dix autres, dans une maison qu'on nous a prêtée ; nous dépensons un peu moins. » J. SORET.

Bergara, Guipuscoa, 9 décembre 1792.

« Mon voyage a été assez heureux ; nous sommes venus de Saint-Nazaire à Saint-Sébastien, en trois jours ; nous ne sommes restés à Saint-Sébastien que quatre jours. On nous donna ordre d'entrer dans les terres, à cause des troupes qui occupent la frontière. Mes associés et moi choisimes Bergara, petite ville dans les montagnes. Il y a dans cette ville cinquante deux prêtres français. Nous y avons le nécessaire à la vie, à un prix commun. Le roi d'Espagne a rendu, depuis trois semaines, un édit qui ordonne que tous les prêtres français, qui sont dans le royaume, se retireront dans les communautés qui leur seront indiquées. On a déjà prévenu les supérieurs de communautés ; on a demandé nos noms et autres désignations pour savoir combien nous sommes ; je désire bien sincèrement que l'on consomme l'œuvre pour nous donner du pain. » Signé : ORTHION DE LA PENICIÈRE [2].

Cet exil devait durer huit ans, la peine de mort ayant été édictée, peu après, contre les prêtres déportés qui rentreraient en France. Avec une inconséquence absurde, en assimilant les déportés aux émigrés, on frappait de la même peine l'absence de ceux qui avaient quitté le territoire, pour obéir à la loi, et l'absence de ceux qui avaient violé volontairement la loi qui leur interdisait d'en sortir [3].

ALFRED LALLIÉ.

---

[1] Soret (Jacques) né à Ancenis, 36 ans, vicaire de Frossay.

[2] Orthion de la Penicière (Clair-René), prêtre volontaire à Saint-Herblon ; demanda le 14 septembre 1792, au district d'Ancenis d'être dispensé d'aller aux Carmélites à raison de ses infirmités ; ayant été refusé, il s'embarqua à Paimbœuf sur la *Geneviève*, le 2 octobre 1792, fut autorisé, le 16 vendémiaire an IX, par décision ministérielle à revenir à Saint-Herblon. La lettre est adressée à sa sœur, Madame Denion-Dupin, demeurant à la Menuère, près Varades.

[3] *Peine de mort contre les émigrés rentrés.* Décret du 23 octobre 1792. Duvergier. *Coll. de Lois.* V. 27 — Les décrets relatifs aux émigrés applicables, aux déportés. *Id.* VI. 173.

VANNES. — Imprimerie Eugène LAFOLYE

2, Place des Lices, 2.

BIBLIOTHEQUE NATIONALE DE FRANCE
3 7531 03608244 5